개
미

개미

원석연 그림 · 이생진 시

열화당

서문

어느 날
길 잃은 개미처럼
길을 잃었을 때
은행나무 밑에서 그림 그리고 있는
元 선생에게 길을 물었다

당신의 그림 속에서
내가 내 길을 찾으려면
어떻게 해야 하느냐고
그랬더니
"당신도 연필을 들고
내 그림 속에 든 시를 그려가라" 했다

그래서 나는 내 연필로
元 선생의 그림 속에서
내 시를 그렸다

2019년 여름
이생진

차례

그림

아무 것이나
아무렇게나
그리는 것이 아니다

그림에서
소리가 나야 하고
그림에서
냄새가 나야 하고
그림에서
무지개가 떠야 하고

쓰러진 사람을 일으켜 세워야 하고
가버린 사람을 돌아오게 해야 하고

모두 말없는 고독에서 나온 그림이다

원석연. 70.

민들레 홀씨

훨

훨 훨

훨 훨 훨
훨 훨 훨 훨
 훨 훨 훨
　　훨　 훨
훨

민들레

홀
씨

어디로 가는 거지
그건 바람이 알지
그건 운명이 알지
그러나

우리에겐
사멸할 염려는 없어

착지술이 좋으니까
민들레의 착지술은 알아주니까

백 퍼센트 성공이지

블록 틈은 면해야 하는데
본래
거기 출신 아닌가
디앤에이가 가자는 대로 가는 거야

나무 1

살아서나
죽어서나
서 있는 나무
비켜 설 줄 모른다고
지나가던 개가 오줌 갈기고
지나가던 주정뱅이 토악질 하고
겨울엔 웃음을 잃고 사는
형무소
지나가는 사람 잡고
봄이 얼마나 남았냐
묻고 싶어도

나무 2

외로울 땐 나무 옆에 서 보아라*
는 시가 있다
나도 외로울 땐
슬그머니 나무 곁으로
간다

*조병화의 시 「나무」 중에서.

나무 3

元 선생이 살았던
방학동 연산군묘 앞
은행나무는
오백 년을 살았다는데
봄마다 잎이 피고
여름마다 푸르고
가을마다 황금빛 눈부셔
늙을수록 존대 받는 나무
그도 한겨울엔 덜덜 떨며
손을 내민다

나무 4
기념식수

한가락 하는 사람들은
서로 원수처럼 싸우다가도
만나자 하고
악수하자 하고
값비싼 나무를 심는다

사진 찍고
흰 장갑 벗어 주고
돌아서면 그뿐
한 자루 연필감도
안 되는 나무
그 나무는 무엇이 되겠다고
겨울 찬 바람에도
자포하지 않고 살아갈까

나무 5
年輪

나무가 제 나이를
알 리 없지
나이를 알려면
목을 잘라야 하니
목을 잘라야
연륜이 굴러 나오니까

나무 6
장미원

우이동 느티나무 종점
元 선생이 살았던 종점에서
나도 살았다
사람들은 장미원이 있는 장미밭에서
장미향이 난다고 차창 밖으로 코를 내밀었는데
지금은 코를 내밀 장미밭이 없지만

우이동 덕성여대
잔디밭
그쯤에
신발 벗고 나온 카페
삼각산을 바라보며 커피를 마시는데
그 운치가 장미원 그대로다

나무 7
포플러나무

높은 포플러나무
고개 들어 보는 버릇
까치들은 어떻게 사나
서로 이웃하며 사는 살림이 보고 싶어
나무가 많은
멀리 산골로 온 것도
영동 상촌마을
까치집 때문이었나

나무 8
자장가

포플러나무 끝은
하늘을 만질 수 있어 좋다
까치집도
바람에 흔들려 좋고
자장가 없이도
잠들어 좋다

L. 73.

나무 9
꿈

미루나무는
자랄수록
먼 길이 보인다

그 길
마음 놓고 걸어 봤으면

나무 10
고목

다 살아서
生이 바닥 났는데
죽은 세월 상관 않고
염치없이
새 눈을 뜨는 生의 욕심
오래오래 살자고
서로 껴안은 삶의 리필
누가 가르쳐 줬나
나무의 혈통

나무 11
벌레 먹은 나뭇잎

내게
'벌레 먹은 나뭇잎'*
하는 시가 있다
남을 먹여 가며, 살았다는
삶의 유공자
그런 나뭇잎을 연필의 숲속에서 만날 때
서로 악수를 나누며
쳐다본다

눈물이 날 만큼 반갑다

*『일요일에 아름다운 여자』(1997)에 수록된 시.

한식에 죽으나 저녁에.

개미 1

개미새끼 하나 없다는 말이 있다
얼마나 고독했으면

집단에서
하나하나
떠나든가
하나하나 모여서 집단을 이루든가

허나
나는
개미새끼 하나 없을 때가 좋다

개미 2

어디까지 갈 수 있어
가 보면 알아
언제까지 살 수 있어
살아 보면 알아

개미 3

너무 앞서가지 마
혼자 되면
힘들어

개미 4

당당하게 가는 거야
戰士들처럼
모이면 힘이 되지

뭉치면 살고 흩어지면 죽는다 했어

앞다리 맞추고
뒷다리 들고
하나 둘 셋

촉각을 세우고
당당하게
그게
蛾國(개미나라)의 이념이야

하나 둘 셋

개미 5

어허 앞다리가
어허 뒷다리가
어허 머리통이
어허 몸통이
잘려 나가는 소리
밟고 지나가는 소리

어허 더듬이가
어허 가는 수염이
그것만으로도 치명적이지
적은 보이지 않고

전진을 멈추고
대책을 세워라
깃발을 들 손이 없는데
땅을 칠 주먹이 없는데
없으면 끝이지

元 선생

보수補修는 안 되나요

야전병원 같은 건 없나요

담배에 불을 붙이며

元 선생이 웃는다

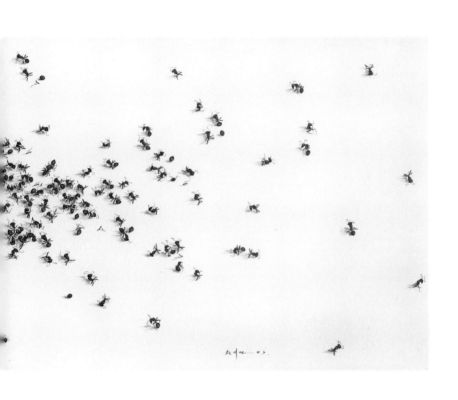

홍영애 '85.

마늘

짚으로 엮은 마늘

하나 남은 마늘

가난에서 도망치지 못하고
끝까지 남아 있는

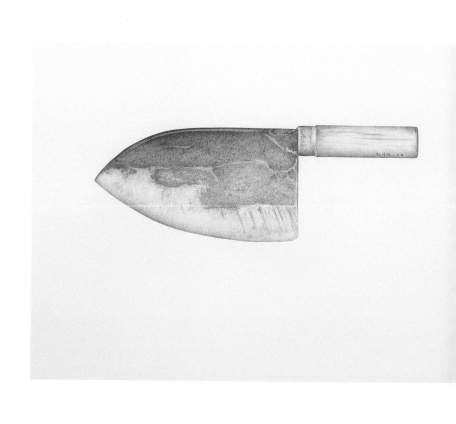

식칼 1

연필은
元 선생의 눈치만 봤다

뾰쪽하더니
날카롭더니
판판하더니
손잡이를 박더니
드디어
칼!

왜 저걸 그릴까 했다
개미 발 하나만 부러져도
아파하던 사람이
왜 저걸 그릴까

식칼 2

식칼이 식은땀에서 헤어나지 못한다
元 선생은
식칼의 식은땀을 닦으며 연필을 다듬는다
연필에서
식은땀이 흐른 적은 없었다

연필에서 태어난 식칼이
민감해지더니
소름끼치더니
덜덜 떨더니
도마 위로 올라가
생선을 탁 탁
내리친다

식칼 3
생선

생선에게
가장 무서운 것은?
낚시였나
그물이었나
떡밥으로 끌어올린 간계였나
그의 집에 와 보니
도마는 침대가
아니었다

날 살려주오
빨리 지우개로
날 살려주오
은빛 비늘을
박박 긁어주오

元 선생님
살려주오
내가 뭘 잘못했기에

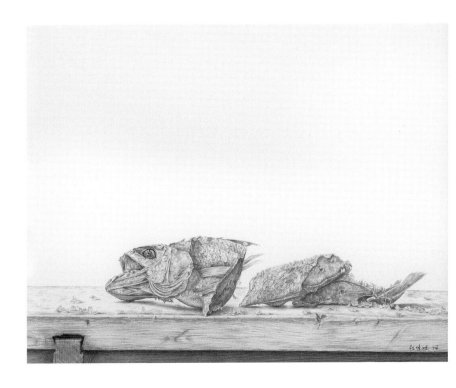

식칼 4

낯선 도마 위에서
소리치는 비명
탕 탕
두 번 내리쳤는데
생선은 세 토막이 나
벌린 입에서
다 쏟지 못한 피 묻은 욕설이
발딱거린다

식칼 5

어떤 장군이
내 목을 기다란 軍刀로 쳤을 때
내 죽음의 피눈물을 보고는
통쾌하다 했을 거다

금빛 돋는 훈장과 포상

생선의 죽음이
그것을 비웃는 것이오

눈을 보시죠
얼마나 똑똑한가
그래서
눈만 빼먹는 사람이 있지요

굴비의 눈물

바다를 떠난 굴비는
죽을 때까지 눈물이 났다

눈물이 짜다

굴비의 눈에 바닷물이 남아 있었던 거다

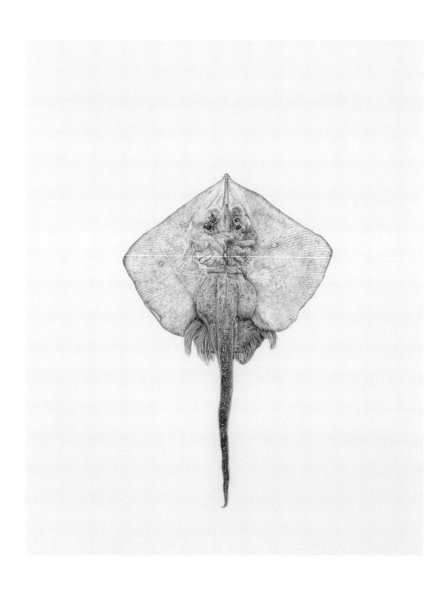

가오리

가오리가 예쁘다
좌우 대칭
대립이 예쁘다

어디서
아인슈타인이
웃는다

집 1

언덕 위에 초가삼간
헛간인지
뒷간인지

언덕 너머엔 무슨 그림이 있을까

옆집은 기와집인데
이것도 폭격에 무너지기는 마찬가지
판잣집 골목
부산 사십 계단
청계천 판잣집은
서울 풍경
지금은 고층 건물이
빽빽하게 들어섰네
풀 한 포기 들어설 틈없이

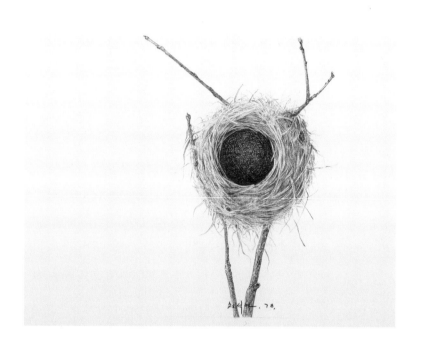

집 2

최소한 집은 있어야
새들도 집을 짓고 사는데
집 없는 서러움이 오죽하랴

오늘도 개천길을 걷다
공중화장실 뒷길을 걷다 보면
멀쩡한 중년 남자가
화장실 밖에 걸터앉아
심각하게 생각하고 있다
왜 내가 이 시각에
여기에 와 있느냐고
집 없으면
그런 식이다

집 3

여름 한철이야
원두막도 살맛 나지

이젠 사다리도 사라지고
서릿발이 허옇게 섰으니
발걸음을 서둘러야

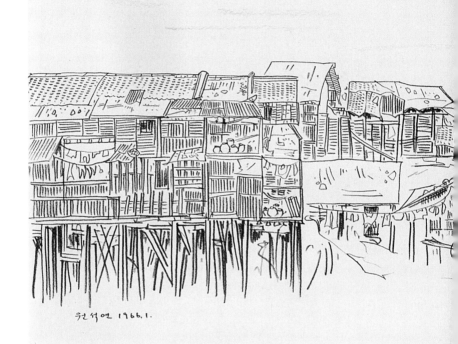

원석연 1966. 1.

집 4

육이오 때
청계천에
집을 두 채 가지고 있었다는 것과
π 선생의 청계천 그림
두 점 가지고 있다는 차이는
얼마나 되나

집 5

살려고 그린 집인가
팔려고 그린 집인가
아니면
아파서 그린 집인가

집 6

집 앞에 지게 혼자 서 있는 집
아니 아무도 살지 않는 집
살지 않아도 사는 집
이상한 집
거미가 사는 거미집

고독 1

다리〔橋〕도 지나가는 것이 없으면 외롭다 한다

고독 2

동행하는 다리

물에 뜬 다리〔橋〕가
다리〔橋〕를 밟고 가는 다리〔足〕와 같다
다리〔橋〕가 걸어가는 것 같다
아니
함께 걸어가자고 하는 것 같다

고독 3

외나무다리
떠내려가지 않는 고독
가다 말고
나무처럼 서 있는 고독

고독 4

고독의 무게는
체중보다 무겁다

고독의 무게는
새우도
고래만큼
무겁다

고독 5
고독한 녀석

고독은
눈에도
코끝에도
깃털에도
박혀 있다

고독한 녀석
나는 담배라도 피울 수 있지만

너도 그림을 그리든가
담배를 피우든가

원석연. 1965.

사람 1

산맥이 안고 가는 마을의 행복
더러 울기는 했지만
그만한 것은 이겨낼 수 있었다
영동 상촌 대해마을
아침 산새 소리
하늘을 보다가 까치를 만났다
1929년생은 드물고
더러 고목나무 같은 발자국이 지나가다가
지팡이로 허리를 받치고 서 있다
이쯤이면 나도 고목인데 걸어갈 수 있어
고맙다

사람 2

元 선생,
하고
, 을 찍는다
이 얼굴엔 고흐의 수염이 났네요

고흐가 육십만 살았어도
그림 좀 팔렸을 텐데
삼십칠 세
그게 뭐냐고 했더니
그림의
눈동자를 내게 돌리며 웃는다
누군 살기 싫어서 안 산 거냐고

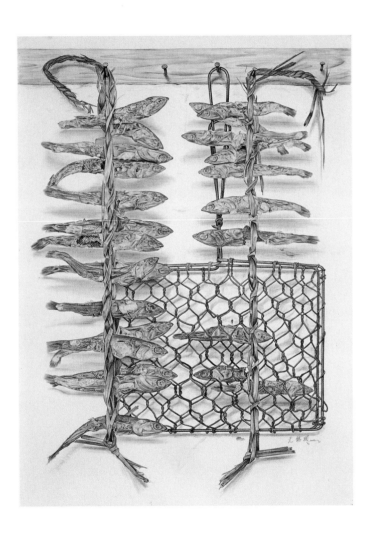

죽음 1

숯불 빨간 화력
말 없음
분주한 젓가락에
널브러진 生의 흙ㅓㄱ
말어 ㅆㅇㅡㅁ
ㅂㅜㅅㅓ ㅈㅣㄴㅎ
ㄴㅈ
ㅓㄱ
ㅈㅓㅅ
ㄱㅏㄹㅏㄱ
// 〉
ㅇㅣ ㄱㅓㄴ
無 ㅇㅓ ㅇㅑ 〈?〉
?
\]\/\|
\\//
|\|
₩₩
₩

죽음 2

죽음은 말이 없고
고독은 뒤따라가고

매달린 목
발버둥치다 지친
발가락
잠보다 깊이 잠든 눈

잘 가라

죽음 3

죽음이 다가왔을 때
입이 열린다
언어가 도망치고 없다
눈과 입이
총동원하는 音 音 音
소리가 나오지 않는다

어둡다
깜깜하다
暗 暗 暗
音이 暗으로 변한다
暗 暗 하다 만다
죽었다

죽음 4

나도 연필에서 태어났고
너도 연필에서 태어났는데

서로 살아야 하는
아니면
너 죽고 나 죽어야 하는
死生決斷

아니 한 배에서 태어났으면서도
날 때부터
이렇게 매달린 운명
이 운명을 지우고 싶은데
지우개가 없네

瑜이의 卒業을 祝하면서 어머니가

1955. 3. 2. 새벽

죽음 5
기중忌中

珍이가 갔다

1955년 3월 2일 새벽
珍이의 영정影幀을 그린다

오늘은
珍이 하나만 그리고
쉬기로 했다

대문에
'忌中'
이라 붙이고
재떨이 앞에서 쉬기로 했다

단 둘이 살았는데
珍이가
갔다

아내의 얼굴 1
프로필, 1962

결혼하던 날 밤

윤성희라 부르기 어려워

천사라 부를까

아내라 부를까

망설이다 날이 샜어요

머리칼

하나라도 놓칠까 두려워

당신의 눈보다 크게 뜨고 그렸어요

당신의 눈에 화살이 꽂힐 때

소리치던 행복을 그렸어요

남들이 보면 흉볼까봐

숨소리 삼키며 그렸어요

아내의 얼굴 2

예술의 극치는 고독과 승리의 산물이라 하셨죠
자연은 버릴 것이 없다고도 하셨고
평소 말없는 분이 혼잣말을 많이 하시데요
참다운 작가란 말이 없다며 혼잣말을 많이 하시데요
나도 작가처럼 당신의 그림 속에서 말없이 살았어요

아내의 얼굴 3

이건
결혼하던 그해 그린 얼굴이죠?
당당한 내 얼굴을 가져 보긴
그때가 처음이었어요

아내의 얼굴 4

잠이 없다며
생담배만 피울 때
이런 생각했어요
별을 그리면 어떨까
그런 생각

빈 연기만 마시고 있을 때
저 연기를 타고 올라가
은하수를 그리면 어떨까
그런 생각

왜 은하수를 그리지 않으셨어요
나는 밤마다 은하수에 있었는데

아내의 얼굴 5

아내의 얼굴을 그리며 빙그레 웃는다
사랑은 위대하리만치 유치하게 된다고
그래서 어린애가 되기 쉽다고

아내의 얼굴 6

제 눈을 그리며 무슨 생각하셨어요
線을 손에 모아
禪 되게 해 달라 공들이는 말

지금도 혼잔가요

당신의 편지에서 쏟아지는 낙엽소리
받아쓰고 있어요

지금도 혼잔가요

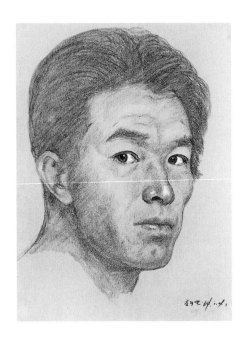

자화상

有

그가 날 뚫어지게 쳐다본다
나도 그를 뚫어지게 쳐다본다
1954년 1월 4일
서른세 살 때 자화상

검은 눈동자에서 쏟아지는 쇳소리
외로울 것 없는 이마에
콧날이 단단하다
누가 뭐라 해도
나는 나다

나는 有다
그리고
그리고
또 그려서
有가 되는 나
나는 철근 같은 有다

원석연 작가 방학동 자택 작업실에 놓인 유품과 연필들. 2008.

후기

충북 영동군 상촌면 대해리 산골
산(生)나무 숲속
명상 센터 사이방에서

연필이 토해내는 고독을 읽으며
시를 그렸다
시도 그림이니까

연필과 고독

자고 일어나면 새가 울었다
연필그림에서도 새가 울었다

그림은 늘 살아 움직였다

낮에는 개미 벌 나비 나방
모두 그림 그리듯 움직였다
나도 그림을 찾아다니며 시를 썼다

元 선생도
윤 여사와
함께
내 시를 읽을 거라 믿는다
영혼도 영감이니까

2019년 여름
이생진

수록 작품 목록

맨 앞의 숫자는 페이지 번호이며, 모든 작품은 원석연이 종이에 연필로 제작함.

70. 시골풍경. 1982. 38×37.5cm.

72. 다대포. 1994. 39×40cm.

74. 다대포. 1970. 57×105cm.

78-79. 담배. 1994. 32×32cm.

80. 고독한 녀석. 2001. 40.5×43cm.

82. 지게꾼. 1965. 84×57cm.

84. 노인. 1959. 50×34cm.

86. 석쇠와 생선. 1958. 54.5×40cm.

88. 죽은 새. 1993. 39×28.5cm.

90. 뱀과 어린 새. 1955. 58.8×35.4cm.

92. 병아리와 거미. 1994. 63×48cm.

94. 고양이. 1955. 18.5×25.5cm.

96. 프로필. 1962. 43.5×29cm.

102. 아내. 1968. 59×48cm.

104. 자화상. 1954. 23.5×17.6cm.

원석연(元錫淵, 1922–2003)은 황해도 신천 출생으로, 평생 종이와 연필만을 재료 삼아 그린 연필화가다. 주로 인물, 풍경, 사물, 동물, 곤충 등을 소재로 우리 주변의 평범하고 소박한 일상을 담아내며 하나의 독립된 회화 표현으로서 연필화의 완결성을 추구했다. 1936년 도쿄 가와바타화학교(川端畵學校)에서 미술공부를 시작, 1943년 졸업 후 귀국해 1945년 서울 미공보원(USIS)에서 첫 개인전을 가졌다. 1946년에는 서울 미공보원 미술과에 근무하면서 주로 미군들의 초상화를 그렸으며, 1950년 한국전쟁이 일어나자 미공보원을 따라 부산으로 피난했다. 1950년대에는 서울과 부산을 오가며 활동했으며, 특히 이 시기에는 인물, 정물 시리즈에 몰두했고, 개미를 소재로 다루어 전쟁의 불안하고 비극적인 상황 속에서 살아가는 서민들의 모습을 상징적으로 표현했다. 1960년에는 서울 중구에 위치한 개인 화실을 개방해 '원석연미술연구소'를 개설하고 후진 양성을 시작했다. 1963년에는 주한미국대사였던 새뮤얼 버거(Samuel D. Berger)의 도움을 받아 미국으로 건너가 닉슨 부통령(R. M. Nixon)의 초상을 그렸고, 이후 미국 신문에 소개되기도 했다. 2001년 아트사이드갤러리에서 개인전(팔순 회고전)을 가졌고, 2003년 지병으로 세상을 떠났다. 2013년에는 십주기 추모전과 함께 작품집 『원석연』(열화당)을 발간했다. 국내를 비롯해 미국 등지에서 2001년까지 총 서른여덟 번의 개인전을 가졌고, 국립현대미술관에 작품이 소장되어 있다.

이생진(李生珍)은 1929년 충남 서산 출생의 시인으로, 어려서부터 바다와 섬을 좋아해 해마다 몇 차례씩 섬으로 여행을 다니며 우리 나라 섬의 정경과 섬사람들의 애환을 시에 담아 '섬 시인', '바다 시인'으로 불린다. 1955년 첫 시집 『산토끼』를 펴내기 시작해 1969년 「제단」으로 『현대문학』을 통해 등단한 이후 지금까지 시집 서른여덟 권, 시선집 세 권, 시화집 네 권, 산문집 두 권 등을 펴냈다. 1978년에 펴낸 대표작 『그리운 바다 성산포』는 '바다와 섬과 사랑을 노래한 국내 시의 백미'로 꼽히며 사십 년 넘게 꾸준히 사랑을 받고 있다. 2018년에는 구십으로 가는 길목에서 쓴 일기와도 같은 시를 모아 엮은 서른여덟 번째 시집 『무연고』를 구순을 맞아 출간했다. 1996년 『먼 섬에 가고 싶다』로 윤동주문학상, 2002년 『혼자 사는 어머니』로 상화시인상을 수상했다. 2001년 제주자치도 명예도민이 되었고, 2009년 성산포 오정개 해안에 '그리운 바다 성산포' 시비공원이 만들어졌으며, 2012년 신안 명예군민이 되었다.

개미

원석연 그림 · 이생진 시

초판 1쇄 발행 2019년 9월 1일
발행인 李起雄 발행처 悅話堂
전화 031-955-7000 팩스 031-955-7010
경기도 파주시 광인사길 25 파주출판도시
www.youlhwadang.co.kr yhdp@youlhwadang.co.kr
등록번호 제10-74호 등록일자 1971년 7월 2일
편집 이수정 이은조 디자인 박소영 오효정
인쇄 제책 (주)상지사피앤비

ISBN 978-89-301-0648-1 03810

Ants: Drawing by Won Suk Yun & Poem by Lee Saeng Jin
Images © 2019 ARTSIDE Gallery
Texts © 2019 Lee Saeng Jin

Published by Youlhwadang Publishers
Printed in Korea

이 도서의 국립중앙도서관 출판시도서목록(CIP)은
e-CIP 홈페이지(http://www.nl.go.kr/ecip)에서
이용하실 수 있습니다.(CIP제어번호: CIP2019031255)